Comme un poisson dans l'eau ?

Les mots du texte suivis du signe * sont expliqués
sur le rabat de couverture.

www.editions.flammarion.com

© Éditions Flammarion pour le texte et l'illustration, 2006
87, quai Panhard et Levassor – 75647 Paris Cedex 13
Dépôt légal : mai 2006 – ISBN : 978-2-0816-3366-7
Loi n°49-956 du 16 juillet 1949 sur les publications destinées à la jeunesse

Marc Cantin

Éric Gasté

Comme un poisson dans l'eau ?

CASTOR POCHE Flammarion

Une mauvaise nouvelle

– **L**es enfants ! Un peu de silence !

Les élèves de mademoiselle Téolait cessent de s'agiter, de gigoter et de bavarder. La classe va commencer.

– Avant notre leçon de mathématiques, j'ai une chose importante à vous dire, annonce la maîtresse. Le planning de la piscine a été changé et…

– Quoi ! s'exclame Carla. Pas de piscine !

– Oh non ! proteste Zoé. C'était la première fois qu'on y allait avec l'école !

– Laissez-moi terminer ! se fâche mademoiselle Téolait. Il s'agit seulement d'un changement de programme. Nous irons dès la semaine prochaine.

Des cris de joie envahissent la classe.
– Ouais ! Trop génial ! se réjouit Malik.
– On pourra sauter du plongeoir ? demande déjà Cloé.
– Probablement, répond mademoiselle Téolait. En attendant, pensez à emporter vos affaires lundi. Serviette, bonnet, lunettes, et surtout, n'oubliez pas votre maillot !
– Moi, je peux me baigner en slip ! commente Valentin.
– Ha ! ha ! En slip à la piscine ! pouffe Basile. Et pourquoi pas tout nu ?
– Comme ma petite sœur quand elle sort de la salle de bains pour me montrer ses fesses ! ajoute Cloé.

– Gardez ces sujets de conversation pour lundi, intervient la maîtresse, et prenez plutôt vos cahiers de textes pour y noter notre sortie.

Dans un pétulant brouhaha, les élèves recommencent à s'agiter et à gigoter.

– Trop cool, la piscine, chuchote Basile en envoyant un coup de coude à Hugo.

– Ouais... trop... cool, répond celui-ci d'une voix blanche.

Hugo sort en récré sans courir, sans crier. Ce n'est pas dans ses habitudes. Le visage inquiet, il s'écarte discrètement de ses camarades. Il se réfugie dans un coin du préau et s'adosse à un poteau.

– Alors, Hugo, prêt à faire la course, lundi ?

Il a déjà reconnu cette voix perfide. Carla s'approche de lui, en compagnie de Zoé et Cloé.

– Je te laisserai une demi-longueur d'avance, reprend-elle.

– À mon avis, ce ne sera pas suffisant ! ironise Zoé.

Malik et Basile, intrigués par la disparition de Hugo, rejoignent très vite les filles.

– Que se passe-t-il ? demandent-ils en chœur.

– Carla et Hugo feront une course, lundi, à la piscine, explique Zoé.

– Hé ! je n'ai jamais accepté ! proteste Hugo.

– Ha ! ha ! tu déclares forfait ! se moque Carla.

– Remarque, je te comprends, Hugo, commente Cloé. Carla est inscrite au club de natation et elle va participer au championnat départemental.

Malik et Basile se tournent vers leur copain. Celui-ci reste muet ! Pas un mot pour clouer le bec de ces prétentieuses !

– Si tu t'accrochais un moteur sur le dos, tu aurais peut-être une chance de battre Carla, enchaîne Zoé.

Les trois filles éclatent de rire. Hugo, lui, regarde ses pieds. Patiemment. Jusqu'au moment où Carla et ses amies se décident enfin à retourner jouer à l'élastique.

– M... mais... Hugo, bégaie Basile, pourquoi tu n'as rien répondu ? Elles se sont moquées de toi !

– Lundi, tu dois vaincre cette frimeuse à la course, insiste Malik. Notre honneur est en jeu !

– Ça ne m'intéresse pas, prétend Hugo d'une voix tremblante. Laissez tomber, les gars.

Puis il s'en va à l'autre bout de la cour en traînant les pieds.

– Il est malade, chuchote Malik.

– Sûr, acquiesce Basile. Il souffre d'une dégon-
flette aiguë.

– C'est grave ?

– Super grave ! Tu deviens plus dégonflé
qu'une fille !

Les cours de natation commencent dès la semaine prochaine. Seul Hugo ne semble pas très enthousiaste...

Un mégaproblème

À la fin de la journée, Hugo affiche toujours une mine abattue, contrairement aux autres élèves, dont les cris joyeux résonnent dans la cour. Ce soir, le week-end commence, et deux jours sans école, ça se fête !
– Qu'est-ce que tu as ? l'interroge Basile.
– J'espère que ce n'est pas contagieux ? s'inquiète Malik.
   Hugo hausse les épaules.
– Venez avec moi au parc, soupire-t-il. On sera tranquilles pour discuter.

Les trois copains s'éloignent de l'école. Arrivés au jardin municipal, ils se dirigent vers le bassin aux poissons rouges. Hugo entraîne ses amis à l'écart, derrière le kiosque à musique désert.

– Alors ? s'impatiente Malik. Pourquoi laisses-tu Carla se moquer de toi ?

– Tu es du côté des filles, maintenant ? soupçonne Basile.

Hugo s'assure que personne ne les espionne. Il se penche vers ses copains et chuchote :

– Je ne sais pas nager. Voilà pourquoi je n'ai rien répondu à Carla.

– Quoi ? s'exclame Basile en se grattant l'oreille.

– Tu as très bien entendu. J'ai peur de l'eau, et je ne veux pas aller à la piscine.

Un silence plane au-dessus des trois garçons.

– Ha ! ha ! s'esclaffe soudain Malik. Tu nous fais marcher !

– Trop marrant ! pouffe Basile. Moi aussi, j'y ai cru !

Hugo fronce les sourcils et serre les poings.

– Moins fort ! ordonne-t-il. C'est pas une blague ! C'est vrai !

– Tu as vraiment peur de l'eau ? murmure à nouveau Malik.

– Oui ! C'est pour ça que je fais cette tête depuis ce matin ! s'énerve Hugo.

– Si tu veux, je peux te passer la bouée de mon petit frère, propose Basile à voix basse. Celle avec un ca…

Le regard que lui lance Hugo le dissuade de terminer sa phrase.

– Encore un mot et je te la fais avaler, ta bouée ! le prévient-il.

– Je plaisantais, s'excuse Basile.

– Moi, je n'ai pas envie de rire ! J'avais prévu de m'entraîner pour savoir nager avant le troisième trimestre, mais à cause de ce changement de programme, lundi, je vais me ridiculiser devant toute la classe !

– Calme-toi, intervient Malik. Nous, on sait nager. On peut t'apprendre.

– En si peu de temps ? demande Hugo.

– À la piscine, ils font bien nager les bébés.

– Si les bébés y arrivent, tu peux réussir, assure Basile.

– Crrrrr ! grogne Hugo.

– Heu… je voulais dire que tu étais certainement très doué, se reprend Basile. Donc, on peut t'apprendre en un week-end.

Hugo réfléchit quelques secondes.

– Il faudrait un endroit tranquille où personne ne pourrait me voir, dit-il.

– Pour ça, j'ai une idée, lance Malik.

Il prend ses deux copains par les épaules et leur explique son plan à l'oreille. Hugo retrouve aussitôt le sourire.

– Tu la vois ? s'étonne Zoé.

Cloé tourne la tête dans tous les sens. La cour se vide et toujours aucune trace de Carla.

– Elle a dû partir devant, suppose Cloé.

– Elle aurait pu nous attendre ! râle Zoé.

Vexées, les deux amies s'en vont en critiquant sans retenue leur copine.

Une fois qu'elles se sont suffisamment éloignées, Carla quitte le préau et le poteau qui lui servait de cachette. Elle s'arrête à la grille de l'école. Au bout de la rue, elle aperçoit Hugo et ses deux copains.

– Tiens, tiens, marmonne-t-elle. Ils prennent la direction du jardin municipal.

Elle s'en doutait. Hugo cherche un endroit à l'écart des regards indiscrets pour préparer un mauvais coup ! Mais ça ne se passera pas comme ça. Carla remonte son col et longe les murs du quartier. Elle disparaît derrière une poubelle avant de sprinter jusqu'à un porche.

– C'est bien ça. Ils se rendent au parc, dit-elle en continuant de filer les garçons.

Arrivée devant l'entrée, elle les repère au bout d'une allée. Vite, elle coupe à travers la pelouse. Cachée par les massifs de fleurs, elle ne lâche pas ses proies.

« Je vais bientôt connaître leur secret. »

Les trois amis s'installent de l'autre côté du kiosque à musique. En deux bonds, Carla rejoint le bassin aux poissons rouges et se glisse sous les longues branches d'un saule pleureur. Elle écarte délicatement les feuilles, juste pour passer un œil... Hélas ! le poste d'observation est trop éloigné pour entendre ce que se disent les garçons.

– Zut ! enrage Carla en tapant du pied.

L'espoir renaît quand Basile éclate de rire :

– Ha ! ha ! tu nous fais marcher !

« Mais de quoi parlent-ils ? » se demande Carla.

Ensuite, Hugo pique une colère :

– Moins fort ! C'est pas une blague ! C'est vrai !

La curiosité de Carla est piquée au vif. Et Hugo continue de crier :

– Oui ! C'est pour ça que je fais cette tête depuis ce matin !

Puis Carla n'entend plus rien. Elle cherche des yeux une cachette plus proche. Il y a bien un banc, un peu plus loin, mais elle pourrait se faire repérer.

Avant qu'elle ne se décide à prendre ce risque, Hugo et ses copains s'en vont en courant. Carla sent son cœur s'arrêter. Ils passent juste à côté du saule pleureur.

– Salut, les gars ! lance joyeusement Hugo. Rendez-vous à quatorze heures demain sous le pont de la rivière !

Dès qu'ils sont partis, Carla retrouve le sourire.

Hugo avoue à ses deux copains qu'il ne sait pas nager. Cachée derrière un arbre, Carla surprend un bout de leur discussion.

Chapitre 3

À l'aide !

Depuis hier, Carla a eu le temps de mettre au point son plan. Ce matin, elle est venue à la rivière pour préparer sa cachette, et juste après déjeuner, elle s'est dépêchée de rejoindre son poste d'observation. Camouflée parmi les fougères, elle a une vue parfaite. Rien ne peut lui échapper. Elle consulte sa montre : treize heures cinquante-neuf.

Soudain, des pas résonnent sur le pont. Carla retient sa respiration. Hugo et ses copains descendent en courant vers la rivière.

– On reste sur le bord pour te donner des conseils, promet Basile.

En claquant des dents, Hugo enlève son T-shirt, ses chaussures et son pantalon.

– Tu n'as pas bronzé, cet été, remarque Malik.

– Tu as la chair de poule ! pouffe Basile.

– Taisez-vous ! se fâche Hugo. Je ne suis pas venu ici pour entendre vos commentaires mais pour apprendre à nager.

– Alors commence par entrer dans l'eau, suggère Basile.

– Aaaaah ! Elle est froide !

– Tu as juste trempé ton orteil !

– Approche, et je vais t'aider à apprécier la température, menace Hugo.

Dissimulée sous les fougères, Carla se retient d'éclater de rire. Hugo a maintenant de l'eau jusqu'aux genoux, et il grelotte plus qu'un dromadaire égaré sur la banquise.

– Avance, l'encourage Basile. Plus loin.

– Tu crois que c'est facile ! Il y a plein de cailloux dans cette rivière, se plaint Hugo.

– Allonge-toi dans l'eau, tente Malik.

– Tu veux m'assassiner ? rugit Hugo.

– Fais un effort, s'impatiente Basile, sinon on ne pourra pas t'apprendre à nager !

– Silence ! Vous me déconcentrez ! C'est vous qui m'empêchez de nager !

– Si c'est comme ça, débrouille-toi ! se vexe Malik.

– Je n'ai pas besoin de vous ! s'emporte Hugo. Vous êtes les plus mauvais professeurs du monde !

– Et toi le pire élève de tout l'univers ! s'énerve Basile.

– Puisque c'est comme ça, on s'en va ! décide Malik.

– Tant mieux ! fulmine Hugo en les éclaboussant. Disparaissez de ma vue !

Basile et Malik ne se le font pas dire deux fois. Ils remontent sur le pont et partent vers le village en laissant leur ami dans l'eau.

– Je n'ai besoin de personne, marmonne encore Hugo.

Il s'apprête à regagner la berge quand son pied glisse sur une pierre. Ses bras décrivent de larges cercles et… splach ! il s'étale de tout son long dans la rivière.

– Blurps ! Au sec… Au secou… glou… glou…

Carla sort aussitôt la tête des fougères.

– Zut ! s'exclame-t-elle. Cet imbécile a pied, mais il panique tellement qu'il est en train de se noyer !

Sans hésiter, elle quitte sa cachette et se précipite à son aide.

– Pitié ! Pas le bouche à bouche ! panique Hugo.

– Heureusement, ce ne sera pas nécessaire, le rassure Carla en l'aidant à s'asseoir sur la rive.

– Sauvé par une fille. Je vais mourir de honte !

– Tu peux me faire confiance, confirme Carla. Dès lundi, toute l'école sera au courant !

– AAAaaaaargh ! s'étrangle Hugo en s'évanouissant sur l'herbe.

Carla le regarde, amusée. Puis elle reprend :

– J'aimerais quand même savoir pourquoi tu n'as jamais appris à nager.

Hugo reste étendu. Mais après un long silence, il rouvre un œil.

– Au point où j'en suis, je peux te le dire… Seulement, ce n'est pas très gai.

– Oh ! je pleure déjà ! se moque Carla.

– Tu l'auras voulu, grogne Hugo. Le jour de mes cinq ans, mes parents m'ont offert un chien. Il s'appelait Youyou. Il était noir et blanc avec des petites oreilles qui lui tombaient sur les yeux.

– Ouah ! Trop mignon ! s'extasie Carla.

– Oui. Sauf que le lendemain, je suis allé au parc avec lui. J'avais emporté une balle et je l'ai lancée trop fort. La balle a atterri dans le bassin des poissons rouges, continue Hugo d'une voix faible.

– Et... alors ?

– Mon chien a sauté dans l'eau pour la rattraper... mais il ne savait pas nager.

– Il... il s'est noyé ?

– Je suis arrivé trop tard. Tu comprends maintenant pourquoi j'ai peur de l'eau ?

Carla en reste bouche bée. Elle regarde le pauvre Hugo. Il semble complètement dépité*. Pour le consoler de la tragique disparition de son chien, elle lui promet de ne raconter à personne qu'elle l'a sauvé aujourd'hui.

– T'es sympa pour une fille, renifle Hugo.

– Ce sera notre secret. Et si tu veux, poursuit Carla, je te donne un cours de natation.

– Tu ferais ça ?

– Je peux t'apprendre à nager en un après-midi, soutient-elle.

– Ce… ce serait génial ! s'exclame Hugo.

– Je vais chercher mon maillot, et on se met au travail !

Carla sauve Hugo de la noyade. Honteux, il s'explique :
il a peur de l'eau depuis que son chien s'est noyé.

Chapitre 4

Première leçon

– Tu ne vas pas essayer de me noyer ? se méfie Hugo.

– Mais non, fais-moi confiance, le rassure Carla.

Faire confiance à une fille. Hugo ne s'en serait jamais cru capable. Hélas ! il n'a pas le choix. Il s'avance dans l'eau, tout en surveillant Carla du coin de l'œil.

– Tu sais, lui confie-t-elle, je ne t'imaginais pas aussi sensible.

– S… sensible ? bredouille Hugo, un peu gêné.

– Depuis tout ce temps, tu n'as jamais oublié ton chien. C'est magnifique !

– Justement… je préfèrerais ne plus en parler.

– Je comprends, acquiesce Carla. Occupons-nous plutôt de notre leçon. Allonge-toi dans l'eau.

– Je vais couler ! s'affole Hugo.

– Non, tu vas flotter. De toute façon, tu as pied. Allez, fais comme moi.

Carla se met à quatre pattes dans la rivière. L'eau lui arrive au menton. Ne voulant pas être en reste, Hugo l'imite. Même s'il n'est pas rassuré, l'exercice demeure à sa portée.

– Maintenant, tu lèves une jambe.

– Une… jam-jambe ? tremble Hugo. D'ac…
d'accord.

– Très bien. À présent, l'autre jambe. Tends-la
derrière toi.

– V… voilà… Hé ! je flotte !

– Évidemment, sourit Carla. Tu vois, ce n'est
pas compliqué. Il ne te reste qu'à lâcher les
mains.

– Ah non ! Pas les mains ! proteste Hugo.

– Commence par la droite.

– Bon, juste une, alors… Carla ! Ça marche !

– Génial. La gauche, maintenant.

Hugo ferme les yeux. Ses doigts quittent le fond de la rivière. Un instant, il a l'impression qu'il va couler mais au contraire, il continue de flotter, porté par le courant... quand des pas résonnent sur le pont.

– Tu crois qu'on va en trouver ? lance une voix.

– Oui, j'en ai attrapé un mercredi dernier, répond une autre.

– Cloé et Zoé ! chuchote Carla. Vite, Hugo, cache-toi !

En un éclair, il traverse la rivière et disparaît parmi les roseaux.

– Salut les filles !

– Carla ! Qu'est-ce que tu fais ici ? s'étonne Zoé.

– Ça ne se voit pas ? Je nage.

– Pourquoi tu ne vas pas à la piscine ? demande Cloé.

– Heu… l'eau y est trop chaude. Mon entraîneur m'a conseillé de nager en plein air afin de fortifier mes muscles. Et vous, qu'est-ce que vous faites ?

– On vient chercher des tritons, explique Zoé. J'en ai attrapé l'autre jour et…

– Comment ? la coupe Carla. Tu n'es pas au courant ?

– Au courant de quoi ?

– Les tritons sont des animaux protégés !

– Ah bon ?

– En plus, j'ai croisé le garde-pêche il y a cinq minutes à peine. Si jamais il vous surprend, vous risquez d'avoir des ennuis.

Un frisson parcourt Zoé de la tête aux pieds.

– Vous feriez mieux de ne pas rester ici, insiste Carla.

– Tu as raison, souffle Zoé. Et je vais me dépêcher de relâcher mon triton !

– Allez, on s'en va, panique Cloé.

Caché dans les roseaux, Hugo tente de repousser les attaques d'une mère poule d'eau peu sociable.

– Chut ! Couché !

– Kié-kié-kié ! menace l'oiseau qui vient pour la seconde fois de lui pincer l'oreille.

Hugo se retient de crier. Mais sitôt Cloé et Zoé parties, il se dépêche d'abandonner sa cachette.

– Aïe ! hurle-t-il cette fois.

L'oiseau le poursuit jusqu'au milieu de la rivière en lui picorant le crâne, avant de retourner dans son repaire*.

– Tu étais en bonne compagnie, pouffe Carla.

Émue par l'histoire de Youyou, Carla donne en secret des cours de natation à Hugo. Mais la rivière n'est pas un endroit discret.

Un endroit de rêve

À la sortie du village, la rivière s'élargit et traverse une grande prairie verdoyante.

– Ici ce sera parfait, décrète Carla. Il y a même un plongeoir.

Hugo s'engage prudemment sur le ponton* en bois. Mais il préfère utiliser l'échelle fixée à son extrémité pour descendre dans l'eau.

Carla le rejoint dans la rivière :

– À présent, je comprends pourquoi tu as mauvais caractère, dit-elle.

– Moi ? s'offusque* Hugo.

– C'est normal, assure Carla. Tu as tellement souffert quand tu étais petit.

– Tu veux parler de…

– Je sais très bien que la mort de Youyou a été terrible pour toi.

– Oui… c'est vrai, mon pauvre Youyou me manque, murmure Hugo.

Carla le regarde tendrement.

– C'est bien que tu ne te sentes pas obligé de jouer les gros durs sous prétexte que tu es un garçon, lui confie-t-elle.

Malgré la fraîcheur de l'eau, Hugo a l'impression d'être plongé dans une marmite ! Pourquoi est-il allé raconter cette histoire de Youyou ? Maintenant, Carla lui parle comme s'il était malade. Pire ! Comme s'il était une fille ! C'est horrible !

– Fais les mêmes mouvements que moi, lui indique-t-elle d'une voix douce. C'est facile.

Hugo s'apprête à imiter son professeur… mais des cris joyeux le figent sur place.

– Caroline ! s'exclame Carla. Ce rire ne peut être que le sien !

Et trois copines du collège accompagnent sa sœur ! Elles dévalent la prairie, jettent leurs serviettes de bain sur l'herbe, galopent sur le ponton et plongent dans la rivière.

– Tiens, ma sœurette ! s'écrie Caroline en revenant à la surface.

Elle aperçoit alors Hugo qui tente en vain de se cacher derrière Carla.

– D'accord, pouffe-t-elle. Tu voulais être tranquille avec ton copain !

– Hein ? Mais…, bégaie Carla en sentant ses joues s'enflammer.

– Juré, on ne vous regarde pas, les amoureux ! se moquent les copines de Caroline.

Rouges comme des coquelicots, Carla et Hugo se réfugient sur le côté du ponton, en espérant que les collégiennes les oublient rapidement… quand une nouvelle voix résonne :

– Observez les berges pour retrouver les plantes dont je vous ai parlé ce matin.

L'animateur du club nature remonte la rivière en compagnie d'une dizaine d'enfants.

– Quelqu'un m'a jeté un mauvais sort ! se désespère Hugo.

Carla et lui disparaissent sous le ponton, ressortent de l'autre côté et quittent l'eau en courant.

Hélas ! les peintres du club des « Pinceaux d'or » arrivent au même moment, installent les chevalets sur la rive et commencent à garnir leurs palettes. Mamiette, la grand-mère de Hugo est du nombre.

– Hugo ! s'exclame-t-elle en brandissant son pinceau. Ne bouge pas. Je vais réaliser un portrait de toi avec ton amoureuse !

– C'est un cauchemar ! hurle Carla.

Les deux enfants récupèrent leurs vêtements et filent comme le vent dans la prairie.

Où qu'ils aillent sur les bords de la rivière, Hugo et Carla sont dérangés. Le pire, c'est qu'on les prend pour des amoureux !

Repas de famille

– **N**ous allons passer à table, annonce madame Belin, la mère de Hugo.

Toute la famille est réunie par ce beau dimanche. Une grande table a été dressée dans le jardin, et une bonne odeur de rôti et de tarte encore chaude s'échappe de la cuisine.

– Il ne manque plus que Hugo, remarque Mamiette.

– Il est dans sa chambre, soupire madame Belin. Il téléphone à un copain depuis plus d'une heure !

– Il ne s'agirait pas plutôt d'une copine ?
soupçonne Mamiette. Hier, je l'ai aperçu à la
rivière avec une charmante demoiselle.

– Ho ! ho ! s'amuse l'oncle de Hugo. Serait-ce
le début d'une histoire d'amour ?

– Il est encore un peu jeune, juge madame
Belin.

Pendant que chaque membre de la famille
donne son avis sur l'âge auquel il convient ou

pas d'avoir une amoureuse, madame Belin monte à l'étage pour aller chercher son fils.

Seul dans sa chambre, Hugo est loin de ces préoccupations. Il a posé le téléphone sur une pile de livres et enclenché le haut-parleur. À plat ventre en équilibre sur un tabouret, il répète les mouvements que lui décrit Carla à l'autre bout du fil.

– Remonte bien tes jambes avant de commencer à pousser, lui conseille-t-elle.

Hugo tire la langue et s'applique.

– Je ne serai jamais prêt pour demain, s'inquiète-t-il.

– Mais si, l'encourage Carla. Allez, plie tes genoux, joins tes mains…

Carla est vraiment sympa. Aussi Hugo éprouve-t-il des tonnes de remords. Jamais il n'aurait dû inventer cette histoire de chien. Jamais ! D'accord, c'était un bon moyen pour que Carla ne raconte pas à tout le monde qu'il ne sait pas nager. Mais il se sent coupable de continuer à lui mentir après ce qu'elle a fait pour lui.

Il regarde le téléphone.

« C'est le moment de tout lui avouer » songe-t-il.

– Carla, tu sais, à propos de...

Toc ! Toc ! Toc !

– HUGO ! tonne la voix de sa mère. Descends manger tout de suite !

– Carla ! Je dois te laisser !

– D'accord. À demain !

Madame Belin tambourine à la porte. Hugo raccroche précipitamment le téléphone et dégringole de son tabouret.

– Ouvre cette porte immédiatement ! s'impatiente sa mère.

– Voilà... j'arrive, dit Hugo en se frottant les coudes.

Dimanche, le cours de natation a lieu par téléphone.
Hugo a des remords pour l'histoire inventée de Youyou.

Le grand jour

Madame Téolait aligne ses élèves au bord du bassin. Le maître nageur, monsieur Dauphin, les rejoint.

– Bienvenue à tous, dit-il d'une voix accueillante. J'espère que nous allons bien nous amuser ensemble.

Hugo l'observe d'un œil méfiant, bien décidé à rester sur ses gardes.

– Il a l'air sympa, lui glisse Basile à l'oreille.

– C'est un sadique*, affirme Hugo. Il va essayer de me noyer !

Monsieur Dauphin propose alors de séparer la classe en deux groupes.

– Ceux qui savent nager viendront avec moi dans le grand bain. Les autres iront avec mademoiselle Téolait dans le petit bassin.

Seules trois filles rejoignent la maîtresse. Malik se penche vers Hugo et chuchote :

– Va avec elles !

– Avec les filles ! sursaute Hugo. T'es fou !

– Parfait, déclare monsieur Dauphin. Ceux qui restent avec moi peuvent me suivre jusqu'au plongeoir. Et j'espère que vous savez tous bien nager, car je n'ai pas envie de jouer les sauveteurs ce matin !

– T'as entendu, Zoé, se moque Cloé. Interdiction de faire semblant de te noyer pour que monsieur Dauphin te prenne dans ses bras !

– Hé ! ça va ! proteste Zoé en rougissant.

Les élèves se rangent au bout de la piscine. Carla s'arrange pour se placer devant Hugo.

– Tu es certain d'avoir choisi le bon groupe ?
lui demande-t-elle.

– Ben… j'espère, balbutie Hugo en claquant
des dents.

Quand les premiers enfants s'élancent
sur la planche, il devient aussi blanc que le
carrelage.

– Pense à Youyou, lui confie Carla, ça te
donnera du courage.

Hugo sent sa gorge se nouer. Il est persuadé que dans quelques secondes, il sera mort. Son tour approche. Il n'entend plus que le bruit de ses camarades qui plongent. Plouf ! Plouf ! Cet écho résonne dans sa tête à l'infini. Plouf ! Plouf !

– Hugo ?... Hugo ?

Carla s'est encore retournée. Elle essaie de lui expliquer quelque chose... mais avant de mourir, Hugo décide de soulager sa conscience.

– Écoute-moi, l'interrompt-il. Je n'ai jamais eu de chien. J'ai seulement peur de l'eau depuis toujours. Et je ne voulais pas que d'autres l'apprennent.

– QUOI ? s'exclame Carla. Youyou n'a jamais existé !

– Je suis désolé, chuchote Hugo en baissant la tête. Je regrette de t'avoir menti.

Plouf ! Plouf !

Après un pesant silence, Carla esquisse un sourire.

– Ce n'est pas grave, lâche-t-elle. Je comprends.

– Vraiment ? s'étonne Hugo. Tu ne m'en veux pas ?

– Non. C'est oublié.

– Ouah ! Je suis soulagé. Je vais pouvoir mourir tranquille.

– Tant mieux.

Plouf ! Plouf !

– Au fait, reprend Hugo. Qu'est-ce que tu essayais de me dire ?

– Euh... je ne sais plus, assure Carla. Bonne chance !

Elle s'élance sur le plongeoir et réalise un saut parfait.

Plouf !

Monsieur Dauphin s'avance alors vers Hugo.

– Si tu n'as pas envie de sauter, tu peux passer ton tour, le rassure-t-il.

– Non, non, ça va aller, affirme Hugo.

Il rassemble tout son courage, s'engage sur le tremplin, ferme les yeux et saute, tête la première...

PLOUF !

Quel plongeon ! Hugo est sous l'eau, les joues gonflées, entouré d'une myriade de bulles d'air. Il essaie de ne pas paniquer et se laisse doucement remonter vers la surface. Sitôt la tête hors de l'eau, il reprend sa respiration et tente de se rappeler les leçons de Carla. Plier les genoux, joindre les mains. Pousser sur les jambes, écarter les bras. Oui ! Ça marche ! Il nage ! Le mouvement n'est pas parfait, mais Hugo nage ! Il parvient à rejoindre le bord et se hisse le plus vite possible hors du bassin.

– Hourra ! claironne-t-il. J'ai réussi !

Tout heureux, il lève les bras en signe de victoire… et remarque que tous les élèves le regardent en riant et en le montrant du doigt ! Hugo baisse les yeux. Horreur ! Son maillot de bain a glissé quand il a plongé ! Il flotte maintenant au milieu de la piscine.

– AAAAAAAAH ! hurle-t-il en sautant de nouveau à l'eau.

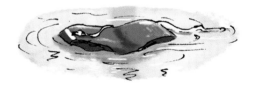

Debout au bord du bassin, Carla lui lance un regard moqueur.

– Je voulais te prévenir de resserrer le cordon de ton maillot avant de plonger. Hélas ! quand tu m'as avoué avoir inventé l'histoire de Youyou, j'étais si bouleversée que j'ai oublié de te le dire… Tu n'es pas en colère, j'espère ?

– Grrrrr ! enrage Hugo. Je te déteste !

Pendant que tous les élèves continuent à se tordre de rire, il tente de repêcher au plus vite son précieux maillot de bain. Et il n'y a aucun doute : il nage de mieux en mieux !